Pippa Goodhart

Darluniau gan Sarah Jennings

Trosiad gan Elin Meek

DREF WEN

DREF WEN

Cyhoeddwyd yn 2018 gan Wasg y Dref Wen,
28 Ffordd yr Eglwys, Yr Eglwys Newydd,
Caerdydd CF14 2EA, ffôn 029 20617860.
Cyhoeddwyd gyntaf yn y Deyrnas Unedig yn 2018
gan Egmont Children's Books Limited,
239 Kensington High Street, Llundain W8 6SA
dan y teitl *Three Waggy Tales*

Argraffwyd a rhwymwyd yn Singapore.
Cyhoeddwyd gyda chymorth ariannol Cyngor Llyfrau Cymru.

Penodau!

PG: I Paddywack, Elsie a Winnie,
fy ffrindiau bach

SJ: I Adie, diolch am dy anogaeth
ac am dy gefnogaeth gyson

I Fyny Fry!

Cŵn tal oedd Ffan a Nel.

Ci byr oedd Twts.

“Dwi’n ffroeni rhywbeth! Beth yw’r arogl yna?”

Rhedodd Ffan a Nel i ffwrdd.

“Arhoswch amdana i!” meddai Twts.

“Edrychwch ar y blodau yna!” meddai Nel.

“Dim ond wal dwi’n ei gweld,” meddai Twts.

“Waw, edrych ar y bwyd yna!”

meddai Ffan.

“O, hoffwn i fod yn dal fel chi,”

meddai Twts.

Felly gwnaeth Ffan a Nel gynllun.

Clymodd Ffan falŵn coch wrth Twts.

"O'r annwyl!" meddai Twts.

"I fyny â ti!" meddai Nel.

Aeth pen-ôl Twts i fyny i'r awyr.

"Dim ond wal dwi i'n gallu ei gweld o hyd!" meddai Twts.

"Mae angen balŵn ar bob pen," meddai Nel.

Clymodd hi falŵn glas.

I fyny â Twts.

"Nawr dwi'n gallu gweld y blodau a'r bwyd," meddai Twts. "Dwi'n teimlo'n dal!"

Ond aeth Twts i fyny fry, yn uwch ac yn uwch o hyd.

"O, na!" meddai Twts.

Chwythodd y gwynt Twts i'r

cymylau.

"Twts!" meddai Nel.

Rhedodd Nel a Ffan.

"Aros amdanon ni, Twts!" meddai Ffan.

"Dwi ddim yn gallu!" meddai Twts.

Neidio!

Gwasgu!

Nofio!

"Help!" meddai Twts.

"Wedi dy ddal di!" meddai Nel.

"Diolch," meddai Twts.

"Dwi'n credu fy mod i'n hoffi bod yn fyr wedi'r cyfan," meddai Twts.

Colli'r Ffordd

Colli'r Ffordd

"Beth am fynd i ffeindio pethau?" meddai Ffan.

"Bow-wow!" cytunodd Nel.

"Wff-wff!" cytunodd Twts.

Rhedodd Nel i ffwrdd yn gyflym.

“Aros amdana i,” meddai Twts.

“Brysia, Ffan.”

Ogleuodd Ffan rywbeth.

Rhedodd Ffan ymlaen.

“Aros amdana i!” meddai Twts.

“Brysia, Twts,” meddai Ffan.

“Helô!” meddai Ffan wrth wiwer.

Rhedodd Nel mewn cylch.

“Rwyt ti’n rhoi’r bendro i mi, Nel!”

meddai Twts.

Rhedodd Nel i ffwrdd eto.

"Aros, Nel!" meddai Twts.

"Ffan, dere gyda ni!"

“Mae hi’n nosi,” meddai Twts.

“Gwell i ni fynd adre.”

“Dyma’r ffordd,” meddai Nel,

ac i ffwrdd â hi.

“Dere ’nôl, Nel!” meddai Ffan. “Nid dyna’r ffordd adref.”

“O’r annwyl,” meddai Twts.

“Rydyn ni ar goll!”

“Mae popeth yn edrych yr un fath,” meddai Nel.

“Nac ydy, ’te,” meddai Ffan.

“Edrychwch am y blodau hyn.”

"Dyma nhw!" meddai Twts.

"Da iawn," meddai Ffan.

"Nawr gwrandewch am y sblish-sblash."

"Dyma'r ffordd!" meddai Nel.

"Dwi'n hoffi'r gêm hon!"

"Nawr chwiliwch am ddail sydd fel clustiau ci gwyrdd," meddai Ffan.

“Dyma ni!” meddai Nel.

“Nawr dilynwch y drewdod,”

meddai Ffan.

“Mae’r postyn lamp hwn yn drewi!”

meddai Twts.

“A dyna ni gartref,” meddai Ffan.

“Wff-wff!” meddai Nel.

Gwnaethon nhw fap o’r daith.

“Y tro nesaf, byddaf i’n stopio ac yn edrych ar bethau,” meddai Nel.

“Ac yn ogleuo ac yn gwrando hefyd,” meddai Twts. “Da iawn ti, Ffan.”

Syrpréis!

“Mae syrpréis gyda ni i ti, Nel,” meddai Twts.

“Hwrê!” meddai Nel.

“Beth yw e? Beth yw e? Beth yw e?”

“I ddechrau, rhaid i ti fynd i ffwrdd,” meddai Twts.

“Hwyl fawr, Nel.”

Doedd hwnna ddim yn syrpréis braf, meddyliodd Nel yn drist.

Roedd hi mor grac, dyma hi'n palu ac

yn palu, yn palu ac yn dod o hyd i ....

"Waw! Am asgwrn mawr!" meddai Nel.

Roedd hi'n teimlo ychydig yn well.

“Ond byddai Ffan a Twts yn hoffi’r asgwrn hefyd,” meddyliodd Nel. “Dwi’n gwybod, rhof i syrpréis braf iddyn nhw!”

Palodd Nel am yr asgwrn.

Yna dyma hi'n tynnu ac yn tynnu.

"Mae'n rhy fawr i mi ei symud!"

medd Nel.

Felly dyma Nel yn cnoi a chnoi er mwyn gwneud yr asgwrn yn llai.

Aeth Nel â'r asgwrn yn ei cheg, a throi am adref.

"Bydd hwn yn syrpréis braf i Ffan a Twts!"

Clec!

"Mae'r asgwrn yn dal rhy fawr!"

meddai Nel.

Cnoi, cnoi!

Bwytodd Nel ychydig bach yn rhagor

o'r asgwrn.

Ac ychydig bach eto. A rhagor eto.

O'r annwyl!

Nawr roedd yr asgwrn yn fach iawn.

"Dydy e ddim yn ddigon i fod yn

syrpréis braf nawr," meddai Nel.

Felly dyma hi'n cnoi a bwyta'r cyfan.

Ac i ffwrdd â hi am adre.

‘Syrpréis!’

“Rydyn ni wedi gwneud parti i ti!”

meddai Twts.

"O," meddai Nel

"Dyna syrpréis braf!

Rydych chi'n ffrindiau hyfryd! *Wff-wff!*"

“Dim ond asgwrn bach iawn i mi, plîs,” meddai Nel.

Ac roedd hynny’n syrpréis i Ffan a Twts!

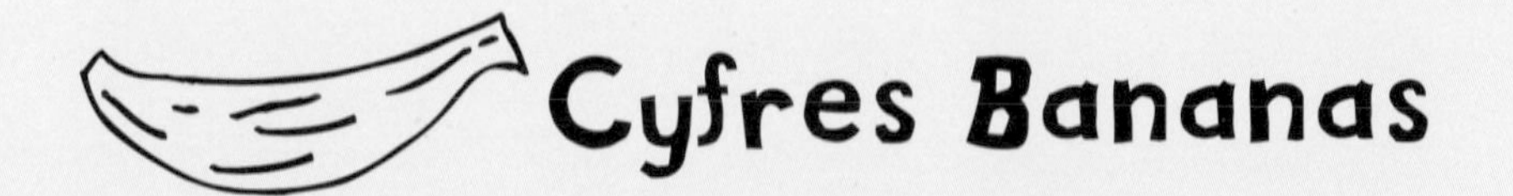

Tair stori fer i'r rhai sy'n dechrau darllen

- Testun syml i'r rhai sy'n dechrau darllen
- Swigod siarad i'w darllen ar y cyd
- Tair stori mewn un llyfr

Storïau syml i ddarllenwyr cynnar

- Testun syml a bywiog
- Swigod siarad er mwyn rhannu'r darllen
- Lluniau lliw trwy'r cyfan

Llyfrau pontio i fagu hyder

- Cyflwyniad i benodau
- Darluniau lliw llawn
- Swigod siarad hwyliog

PIPPA GOODHART

DARLUNIAU GAN SARAH JENNINGS